Heinz Pahl
Moorwolken

AF221177

Heinz Pahl

Moorwolken

**Gedanken * Gedichte
Kurzgeschichten**

Heinz Pahl

Moorwolken

Herstellung und Verlag:
BoD – Books on Demand, Norderstedt
ISBN: 978-3-7534-5991-2

Inhaltsverzeichnis

Das konstruierte ICH	S. 7
Der Hund und die Maus	S. 8
Kinderhand	S. 10
Der Schrei	S. 11
Jahreswechsel	S. 12
Winteranfang	S. 13
Weihnacht	S. 14
Eine einmalige Chance	S. 16
Zeit	S. 18
Behindert	S. 19
Liebe leiden	S. 20
Der neue Herrscher	S. 21
Herbst	S. 25
Wo Zäune brechen	S. 26
Tauben auf den Dächern	S. 27
Die Fahrt zum Vater	S. 28
Leiden und Hoffnung	S. 30
Die verlorenen Insel	S. 31
Aufschrei	S. 34
Licht	S. 35
Gegen Traurigkeit	S. 36
Eine lebendige Hoffnung	S. 37
Wilde Rosen	S. 39
Geschenk vom Herrn	S. 40
Traum	S. 41
Für Dich	S. 42
Warum gerade Ich	S. 44
Der verlorene Sohn	S. 45

Moorwolken   S. 47
Vemmentorpasjö   S. 79
Paguera   S. 80
Ängelholm   S. 81
Endzeit   S. 82
Gott ist Liebe   S. 82
Autorenvita   S. 83

Das konstruierte ICH

Du stehst vor dem Spiegel
und siehst dein Gesicht.
In deiner Hand ruht folgenschwer
der Pinsel - bereit,
ihn auf die Palette zu drücken.

Du siehst in dein Gesicht
und zögerst noch,
als in dem Spiegel
Inhaltsleere
Raum gewinnt.

Das Maß ist da,
doch ohne Leben
und das, was Leben schien,
verdrängt die Farbe
Stück um Stück
bedeckt Gesicht
naturgetreu,

doch fremd und leer
entfremdet schnell
zum toten Blick.
Als Maske starrt dich an,
was dich gefangen nahm.

Der Hund und die Maus

Auf einem Hof in einer Hundehütte lebte ein Hund. Er war sehr stolz; denn man hatte ihn an einer fünf Meter langen Kette angebunden. Dadurch beherrschte er fast ein Viertel des Hofes, und wenn er kräftig bellte, kam ein weiteres Viertel dazu.

Eines Morgens, als er kerzengerade vor seiner Hundehütte stand und den Hof überblickte, kam eine kleine graue Maus daher und rief ihm ein fröhliches „Guten Morgen" zu. Doch wie er es gewohnt war, hob er steil seine Schnauze in die Luft. So war es ihm unmöglich, die Maus weiterhin ansehen zu müssen, und er konnte getrost sein Maul halten. Die Maus verschwand in ihrer kleinen Wohnung unter dem Baum neben der Hundehütte.

Nach einiger Zeit ergab es sich, dass der Deich brach und das Wasser sich über das ganze Land ergoss.

Die Menschen flüchteten vor der herannahenden Flut und vergaßen dabei den treuen und stolzen Hofhund von der Kette zu befreien. Sein lautes Bellen wurde einfach überhört.

Da blickte er nach oben und sah, dass die Maus bereits auf den Baum geklettert war. Ungeachtet seiner Würde bat er sie herunter zu kommen, um ihm zu helfen.

Die Maus zögerte keinen Augenblick und machte sich sofort an die Arbeit. Mit ihren scharfen Zähnen nagte sie so lange an der Hütte, bis der Hund die Kette aus der Verankerung herausreißen konnte.

Wenig später überschwemmte die Flut den Hof. Der Hund rettete sich mit großen Sprüngen über die breite Treppe hinauf zum Heuboden. Die Maus jedoch wurde vom Wasser mitgerissen.

Seit dem Tage war sich der Hund nicht mehr zu fein, den Gruß kleinerer Tiere zu erwidern.

Kinderhand

An des Weges Rand ziehn Menschen.
Stumm der Mund, die Augen reden.
Hunger quält in ihren Leibern.
Wer wird hier zu essen geben.

Seht da kommt ein Schiff von fern,
Hoffnung schleicht sich in den Blick,
und ein dürres Kinderhändchen
winkt entgegen diesem Glück.

Ladeluken öffnen sich.
Panzer fahren auf das Land.
Männer gehn mit blanken Waffen,
sehen nicht die Kinderhand.

Die sinkt hoffnungslos herab,
und das Kind fällt in den Sand.

Der Schrei

Wenn Leben
nach Zukunft schreit,
und hilflos
und unschuldig ist,
dann schreit es
in die Seelen
unzähliger Mütter
und Väter.

Stumm,
doch voller Kraft,
aber ohne Chance,
weil der Tod
für das Kind
eine beschlossene
Sache ist.

Jahreswechsel

Der Sturm, er brüllt und Urgewalten
erheben sich bei dunkler Nacht,
Schneeberge formen alles Land
in eine kalte Winterpracht,
in der kein Leben kann bestehen.

Und alle Schönheit wirkt so tot,
und dort ein Mensch in tiefem Sehnen
schreit er hinaus die bittre Not,
klagt an, nach dem er nie gefragt.
Gar alles scheint jetzt aus dem Lot.

Wie soll man beten ohne Frieden
mit einem Herzen voller Hass?
Wie kann ich den nur wiederlieben,
der mich am Kreuze nicht vergaß?

Und der mir jetzt in finstrer Nacht
viel näher ist, als je geglaubt,
der all die Jahre mein gedacht,
und ihm – ihm hab' ich nicht vertraut.

Vergib mir Gott all mein Verfehlen,
mein böses Handeln – jedes Wort,
das ich im Zorne von mir gab,
mein ICH soll mich nicht weiterquälen,
mach du mein Herz zum Friedensort.

Winteranfang

Der Winter kommt in dunkler Nacht
und hüllt das weite Land in Schnee.
Am Morgen, als das Kind erwacht
und aus dem Fenster blickt – oh weh!
Da gibt es weder Strauch noch Baum,
in hellem Weiß sieht man die Welt.
Und es erscheint ihm wie ein Traum,
denn oben von dem Himmelszelt,
da fallen Flocken sanft hernieder
wie Federn auf die Erd' herab.
Nun hat das Land den Winter wieder.
Für viele wird's ein kühles Grab.

Weihnacht

Weihnacht!
Das ist ein Tag im Leben.
Weihnacht!
Ein Tag, wie eine Frage:
Wer kann heut' noch etwas geben?
Ganz ohne Antwort bleibt nur Klage.

Weihnacht!
Da gibt man sich Geschenke.
Weihnacht!
Da wird mach' einsam Herz so schwer.
Weil man da an jemand denke,
dieser Jemand ist nicht mehr.

Weihnacht!
Ist auch ein Schrei nach Liebe.
Weihnacht!
Ein Tag der Herzen bricht!
Wo im Dunkel eines Lebens -
leuchtet eigentlich das Licht?

Weihnacht!
spricht von dem Licht der Welt.
Weihnacht!
Meint Jesus, der dich liebt.
Wo der Kummer still dich quält,
ist er Frieden, den er gibt.

Weihnacht!
Kannst du auf Jesus sehen.
Weihnacht!
Fragt Gott dich ganz allein:
Willst du mit ihm weitergehen
und dein Leben ganz ihm weihn?

Eine einmalige Chance

Die Suche nach verbindlichen Konzepten, Menschen erfolgreich zu erziehen, besteht wohl, solange Menschen einander begegnen. Kommunikationsprozesse bestimmen das Miteinander, das Füreinander und das Gegeneinander.

Wo diese Kommunikation als gestört empfunden wird, heißt es vielleicht verhaltensauffällig, verhaltensgestört oder gar behindert. Da braucht man „Sonderbehandlung", und man müht sich weiter. Am Ende sieht man nur noch den Menschen als vernunftbegabtes Wesen an, der einer „Sonderbehandlung" nicht bedarf.

Gestörte Kommunikationsprozesse haben immer wieder Kriege ausgelöst. Kriege nach innen und Kriege nach außen. Im Kleinen und im Großen. Gegen Einzelne und gegen Gruppen. Gegen ein Volk und gegen Völker. Da schreit man nach Vernunft. Wer ist vernunftbegabt? Doch Vernunft allein reicht nicht aus! Es gibt eine gestörte Beziehung zu Gott! Es wird nicht nach Gott gefragt. Dabei hat er längst schon geantwortet. Ein von Gott abgewandtes Verhalten hinterlässt ein Vakuum.

Alles Probieren und Herumbasteln in diesem Vakuum vergrößert nur die inhaltslose Leere. Es ist von vornherein zum Scheitern verurteilt.

Gottes Antwort sucht das Gespräch mit dem Menschen, den Dialog. Seine Antwort heißt Jesus Christus. Ein lebendiges Wort voller Leben, Zukunft und Vergebung. Doch wer fragt schon nach Jesus?

Ist es nicht so, dass bei diesem Namen oftmals peinliche Reaktionen die Antwort sind oder einfach nur mit Unverständnis reagiert wird. Wer ist Jesus Christus?

Ist es bekannt, dass der Sohn die Brücke zum Vater ist und dass man durch ihn mit Gott und seinem Nächsten völlig in Ordnung kommen kann? Jesus Christus ist die Vergebung. Durch ihn kann der Mensch Vergebung erfahren zu Gott hin und zu seinem Mitmenschen.

Da, wo Vergebung erfahren wird, kann kein Hass sein. Wo Friede das Herz erfüllt, wird man nicht zum Krieg aufrufen. Deshalb ist Jesus Christus eine einmalige Chance. Lohnt es sich, diese Chance zu versäumen?

Zeit

In dem großen Haus
begegnen sich
Schüler und Lehrer,
also Menschen.

Sie sind eine Zeit lang
zusammen:
Unterrichtszeit, Schulzeit,
also Lebenszeit.

Und keiner sagt mir,
dass meine Zeit
in deinen Händen steht,
oh Gott.

Behindert

Mit andren Augen als du mich siehst
versuch ich in die Welt zu schauen,
doch meine Seele ist gehemmt,
nur schwer kann ich den Menschen trauen,
ein tiefer Graben, der mich trennt.

Wo Tag und Nacht ohn' Hoffnung sind,
in meinem Innern tief verlassen,
liebt eine Mutter still ihr Kind.
Wie kann ich diese Liebe fassen?
Mein ewig' Klagen frisst der Wind.

Die Menschen, die mich heut umgeben
sind fern von mir, wie Wolken weit.
Ihr täglich Trachten und ihr Streben
erfasst nur äußerlich mein Kleid.
Ich ruf zu Gott in meiner Not,
der meinen stillen Schrei erhört.
Wo ist der Mensch mit Lebensbrot,
der meine Seele nicht empört?
Schenkt Leben mir denn nur der Tod?

Liebe leiden

Das Auge redet kühlen Hass
und stumm sind
die zusammengepressten Lippen,
die krause Stirn
ruft Unbehagen,
oh Herr – wie kann ich
deine Liebe leben?

Die sanft zum Gruß erhobene Hand
sinkt flach herab, weil starr der Kopf
zur Seite blickt, er geht vorbei
und sieht mich nicht - oh Herr,
wie kann ich meinen Bruder lieben?

Und meine Rede ist voll Zorn,
das Herz lebt voller Bitterkeit
und meine Predigt ist Gesetz,
sie weist dem Sünder barsch die Tür.
Wo Liebe Herzen soll verbinden,
wird Trennung täglich ausgelebt.

Oh Herr, du bist kein Hampelmann,
mach diesem frommen Spiel ein Ende
und fang in meinem Herzen an,
dein Leiden, Lieben bringt die Wende.

Der neue Herrscher

Als der weiße Hahn mit dem blutroten Kamm noch ein kleines Hähnchen war, fiel er in der Masse des Hühnerhofes kaum auf. Doch mit zunehmendem Alter schwellte sich seine Brust. Die Sporen prägten sich aus, und er verstand es immer besser, seinen Schnabel zu wetzen.

Dann kam der Morgen, als ihm mit hocherhobenem Kopf auf dem Misthaufen stehend, ein lautes, lupenreines Kikeriki gelang. Es war gegen vier Uhr dreißig. Die Sonne schob ihre ersten Strahlen über den Horizont. Selbst ein wenig überrascht von diesem wohl gelungenen Hahnenschrei, setzte er noch einen zweiten und dritten hinterher. Er musste nicht lange warten. Die Reaktion folgte auf dem Fuße. Das Hühnervolk stürzte sich von den Stangen und jagte durch den schmalen Auslauf in Richtung Misthaufen.

Da harrte unbeweglich der junge Hahn. Wie schön, wie elegant hob er sich doch in seinem weißen Rock von dem braunen Mist ab. Mit blanken Knopfaugen schaute er über das Federvolk hinweg.

Alles gackerte aufgeregt durcheinander und scharrte heftig auf dem Boden herum. Da gab es wohl keinen Zweifel. Der Kamm des jungen Hahnes leuchtete im Schein der Morgensonne so rot, so rot wie kaum ein anderer.

Nach längerer Diskussion erhob schließlich die alte braune Legehenne das Wort: „Wir sind zu der einhelligen Einsicht gelangt", sagte sie ohne Umschweife, „dass du von nun an derjenige sein sollst, der diesen Hühnerhof beherrscht. Und zum Zeichen ihrer Unterwürfigkeit flogen sie alle nacheinander auf den Misthaufen, wo der neue Herrscher stand und legten für einen kurzen Moment ihre Köpfe auf das Rückengefieder des jungen Hahns.

Dieser genoss sichtlich die Ehrenbezeugungen ob seiner neuen Würde, und er gedachte dabei keines Augenblickes des alten Herrschers, der sich mit zerzaustem, schmuddeligem Gefieder bis an den äußersten Rand des Hühnerhofes zurückgezogen hatte. In jahrelangen Kämpfen hatte er das Hühnervolk erfolgreich durch manchen Sturm geführt. Wenn heute Morgen seine Zeit gekommen war, was sollte er daran ändern?

Mit unglücklichem Herzen schlich er sich davon. Doch als er sich in die kleine Sandmulde neben dem Zaun zum Kiefernwäldchen gehockt hatte und die Sonne sein Gefieder mehr und mehr erwärmte, vergaß er seinen Kummer. Er bemühte sich, das begeisterte Gegacker der Hühner um den jungen Hahn einfach zu überhören. Genüsslich plusterte er sein Gefieder in dem weichen Sand, und als es ihm gelang, einen dicken Regenwurm aus der Erde zu ziehen, beschlich ihn ein Gefühl der Zufriedenheit.

Doch plötzlich durchfuhr es ihn siedenheiß. Er vergaß Wurm, Sandmulde und Sonne. Aufgeregt krähte er und schlug mit seinem Gefieder so gut er es noch vermochte in seinem hohen Alter. Doch die Hühner drehten ihm alle den Rücken zu. Sie schenkten weiterhin ihre Begeisterung dem jungen Hahn, der un-verändert auf dem Mist stand, den Kopf drehend und wendend, ohne dabei die Gefahr zu bemerken, die sich im roten Pelz und kraftvollen aber lautlosen Sprüngen der Hühnerfamilie näherte. Erst als der Fuchs mitten in die Hühnerschar hineinplatzte, gab es ein entsetztes Gegackere.

Alles stob in Todesangst und ziellos aus-
einander. Bevor der neue Herrscher des
Hühnerhofes die Situation erfasste, schlu-
gen sich vier Reihen spitzer Zähne durch
seinen schlanken Hals.

Die Blutspur konnte man später bis zum
Kiefernwäldchen verfolgen. Hier verlor sie
sich auf dem nadelübersäten Waldboden.
Nur einige weiße Federn ließen die Richtung vermuten, in die der Fuchs seine Beute
abgeschleppt hatte.

Herbst

Wenn flache Blätter flügelgleich
und fahlgelb fallen
und rasche Wetter regenschwer
auf asphaltschwarze
Straßen knallen,
wenn einer geht, der gern
geblieben wäre,
dann spürt man herb
des Herbstes winternahe Schwere.

Wo Zäune brechen

Wo Zäune brechen und Mauern fallen
Da nimmt die Hoffnung freien Lauf
Wo Herz mit Herz sich neu verbindet
Hält niemand diese Hoffnung auf

Da wird der erste Morgenglanz
Zu einem starken Sonnenstrahl
Der hoffnungsvoll das Land durchdringt
Es weicht die Nacht der Trennungsqual

Ist auch die Zukunft voller Fragen
Tragt mutig Hoffnung in das Land
Wir wollen es noch einmal wagen
Brüderlich mit Herz und Hand

Denn Neues wird für den geschehen
Der aus Ruinen auferstand.

Tauben auf den Dächern

Die Tauben auf den Dächern,
sie wirken so gelassen
und können es kaum fassen,
dass jedes Haus in Ost und West
sie einlädt zu 'nem Friedensfest.

Die Fahrt zum Vater

Peter war allein. Allein in einer großen Stadt, die er nicht kannte.

Eben noch im Zug, lenkten ihn die vorbeifliegenden Telegrafenmasten und eine Landschaft aus Wiesen und Feldern ab. Plötzlich wurde es dunkler im Zugabteil. Die Bremsen quietschten. Das Ziel war erreicht. Draußen auf dem Bahnhofsvorplatz parkten unzählige Autos. Peter schaute zurück zum Bahnhofsgebäude. Es wirkte bedrohlich auf ihn. So groß und gewaltig. Es fraß die Züge und spie sie wieder aus. „Der Bahnhof kann nicht verdauen", überlegte er.

Am Rande des großen Platzes flutete der Verkehr in beiden Richtungen stadteinwärts. Etwas unschlüssig ging er mit seiner kleinen Reisetasche zum Taxistand. Eine Beifahrertür öffnete sich. Er stieg ein. „Zum Meisenweg 147 bitte." Das Auto setzte sich in Bewegung. Peter hielt sich an seiner Tasche fest. „Ob Vater sich freuen wird, wenn ich plötzlich vor ihm stehe?", fragte er sich. Vor zwei Jahren noch waren sie gemeinsam zum Angeln gegangen.

Wenn sie dann stundenlang am Ufer des Flusses saßen, sprachen sie nur wenige Worte. Aber sie verstanden sich.

Peter liebte seinen Vater. Er war immer gern in seiner Nähe gewesen. Dann kam die Sache mit der fristlosen Entlassung. Mutter machte von da an Vater viele Vorwürfe. Vater ging nicht mehr zum Angeln. Immer häufiger kam er betrunken nach Hause. Er schlug die Mutter, und die Mutter fing an, ihren Mann zu hassen. Heute lebt Peter mit seiner Mutter allein.

Ein Ruck ging durch das Fahrzeug. Es hielt. „Wir sind da, junger Mann", bemerkte der Taxifahrer. Zwölf Euro achtzig, bitte!"

Leiden und Hoffnung

Leiden bedeutet Abschied nehmen von der Gesundheit an Geist, Seele und Leib. Von der Freude, der Harmonie. Bedeutet getrennt sein von der Geborgenheit.

Und wenn es nur für einen Moment ist. So erfüllt es dennoch schmerzvoll Raum und Zeit. Durchdringt das Herz gleichermaßen wie das Gewissen. Es lässt in der Bewusstwerdung dieser Trennung den Zustand der Ohnmacht zu einer übermächtigen Größe erwachsen.

Verzweifle nicht, du armer Mensch! Gott ist gegenwärtig. Er ist dir ganz nahe. Durch Jesus Christus seinen Sohn, der lebt.

Und wenn der Aufschrei deines Herzens sich nur zu einem einzigen „Lieber Vater!" in dem sehnenden Verlangen nach Vergebung, Gnade, Liebe und Kraft emporschwingt, so darfst du erfahren, dass dein Ruf nicht unerhört bleibt.

Die verlorene Insel

Eigentlich hieß er Johann. Aber sie nannten ihn alle Jo, und daran hatte er sich gewöhnt.

An diesem Morgen beschlich ihn ein mulmiges Gefühl. Er war wieder mal viel zu spät heimgekommen gestern Abend. Seine Mutter hatte ihn wortlos ins Haus gelassen. Ohne Vorwurf. Herausfordernd hatte er sie angesehen. Doch nur ihre traurigen Augen trafen ihn.

Er versuchte an diesem Morgen ihre Aufmerksamkeit herbeizureden. „Es war sehr schön auf dem Kleingärtnerfest. Ein riesiges Feuer haben sie abgebrannt." Seine Mutter nickte stumpf. Sie wusste es schon, dass er beim Handtaschendiebstahl erwischt worden war.

Wie oft hatten sie ihn schon erwischt oder zumindest verdächtigt. Wedemann wohnte gleich nebenan. Der erste Vorsitzende vom *Gartenfrieden*. Seine Stimme wirkte hart und feindselig, als sie sich schlaftrunken den Hörer ans Ohr drückte. Dreiundzwanzig Jahre sei er nun schon in dem Verein gewesen.

Aber so etwas Abgebrühtes habe er noch nicht erlebt. Die Folgen hätte sie, die Mutter selbst zu verantworten.

Jo blickte seine Mutter an. „Ob sie es weiß", überlegte er. Er versuchte noch einmal, ihr einige Worte herauszulocken. „Der Höhepunkt gestern Abend war eine Tombola. Maria Gerken hat den ersten Preis gemacht. Ein Kaffeeservice. Sechsteilig. Es war wirklich ein schöner Abend." „Du lügst", dachte sie verbittert, „es war nicht schön. Es war schrecklich." Und sie spürte zum ersten Mal, dass seine Lüge ihr Herz nicht erreichte. Jo resignierte an dem verschlossenen Gesicht seiner Mutter. Er ging in sein Zimmer und kramte seine Schultasche unter dem Bett hervor. Da warf er sie immer hin, wenn er aus der Schule kam.

Auffällig laut schlurfte er mit seinen Latschen in die Küche zurück. Umständlich packte er das Pausenbrot vom Küchentisch zwischen einen ungeordneten Haufen Bücher und Hefte. Seine Mutter sah ihm wortlos dabei zu. Heute Morgen ist es so weit, dachte sie, gleich wenn er das Haus verlassen hat, werde ich im Jugendamt anrufen. Es ist hoffnungslos. Ich kann nicht mehr. Er muss ins Heim.

Jo klemmte seine Schultasche unter den Arm. Wenn ich nur ihr Herz aufschließen könnte, überlegte er, bevor er ging. Jo liebte seine Mutter. Ob sie sich von mir umarmen lässt? Zaghaft ging er ein paar Schritte auf sie zu. Sie wich ihm aus.

Als er das Haus verließ, kam es ihm vor, als trüge er einen Stein in der Magengrube. „Es ist zum Kotzen!", dachte er. Vor Wedemanns Haus fing er laut an *La Paloma* zu pfeifen. Immer wieder spielten sie gestern Abend *La Paloma*. Hinter der Gardine konnte er Frau Wedemann stehen sehen, die ihm stumm hinterher gaffte.

Aufschrei

Eine ganze Weile habe ich es ertragen, die Gefangenschaft meines Herzens, die Gebundenheit meiner Seele – sie zerbricht mein Herz.

Ich bin ein Kind, und ich kenne keinen, der mir den Weg weist, der mir Freiheit verkündigt und mir Elendem eine gute Botschaft bringt, und wenn der Aufschrei meiner Seele sich laut gegen meine Mitmenschen richtet, dann stempeln sie mir ein Zeichen auf die Stirn – und wenn ich schreie – und schreie – und schreie: Wo ist ein Lehrer? Wo ist ein Tröster? Dann stehe ich vor einem tiefen Abgrund.

Herr – erbarme dich meiner Seele.

Licht

Ich stehe verzweifelt
und voller Angst
in einer Ecke des Schulhofes.
Kann es denn keiner erkennen?

In meiner Angst bin ich allein.
Der Aufsicht führende Lehrer
geht gedankenverloren
an mir vorüber.

Vielleicht hat er auch Angst?
Jedenfalls hört er mein
inneres Schreien nicht.

Meine Angst steckt im Dunkeln,
und keiner sagt mir,
dass du das Licht der Welt bist,
oh Gott!

Gegen Traurigkeit

Wenn du einmal traurig bist,
weil dich alle Welt vergisst,
denk dran, dass es jemand gibt,
der dich jetzt und ewig liebt.

Willst du wissen, wer es ist?
Gottes Sohn – Jesus Christ!

Eine lebendige Hoffnung

Lieber Vater im Himmel. Ich danke Dir, dass ich immer wieder Deine Liebe verspüren darf.

Jeden Tag begegne ich gequälten Seelen. Ich hoffe dann sehr, dass die Liebe und die Kraft, die Du in mein Leben legst, meinen Nächsten ermutigt. Zum Leben – zu Dir hin.

Mitunter bin ich selbst gequält in meiner Seele. Verletzt, beleidigt! Ich hoffe dann auf Dich. Aus eigener Kraft vermag ich es nicht, meinen inneren Frieden wieder zu erlangen.

Doch Du bist da, ob ich weine oder lache. Du hältst Deine Hand über mir – egal, wie ich mich fühle. Herr, ich liebe Dich. Es gibt Tage, Stunden, Minuten, wo ich das vergesse. Doch wenn die Traurigkeit in meinem Herzen zunimmt, dann weiß ich, dass ich Dich verlassen habe.

Dann schreit mein Herz und meine Seele ringt nach Leben. Ich hoffe dann, dass Du mir vergibst.

Ich werde nie ganz begreifen, dass Du Deinen Sohn für mich gegeben hast. Für meine Schuld. Aber Du sagst, dass ich diese Tatsache annehmen darf – umsonst.

Vater vergib mir meine Lieblosigkeit. Vergib mir, dass es Zeiten in meinem Leben gibt, wo mir der Glaube schwerfällt – wo der Zweifel mein Herz beschleicht. Darunter leide ich. Ich brauche Dich.

Wenn ich dann in Deiner „Guten Nachricht" lese, dass Du die, die Leid tragen, trösten wirst, dann werde ich still und hoffe.

Du bist eine lebendige Hoffnung, mein Herr und mein Gott. Jesus Christus, Du bist bei mir, alle Tage. Du enttäuscht mich nicht. Ich danke Dir, dass Du mich von allen Seiten umgibst und mich trägst.

Wilde Rosen

Der Regen fällt auf wilde Rosen
die rosarot die Hecken schmücken
in einem liebenden Liebkosen.

Und Hoffnung schreit nach Sonnenschein.
Die Tränen können mich erdrücken.

Ich liebe meine Frau, mein Kind,
den Vater und die Mutter,
den Bruder und die Schwester,
wo immer sie auch sind.

Erstarrt - in Abenddämmerung,
im kalten Dunst der grauen Stadt
fühl ich mein Herz – ich bin allein.

Und meine Seele quält in mir.
Ich brauche Trost, ich brauche Kraft.
Ein Name dringt in tiefes Sehnen
und Tränen werden frisches Wasser,
Ja, Gott, Du machst mir hell die Nacht.

Geschenk vom Herrn

Jeder Tag ist ein Geschenk
vom Herrn.

Drum halt dich fest an ihm!
Er wird dich sicher tragen.
Um seines Namens willen
Hab deinen Nächsten gern.
Darfst vieles für ihn wagen!

Traum

In der Nacht träumte ich,
dass Jesus bei mir wäre.
Er sagte mir, dass er mich
ganz nett fände.

Bisher haben mich
meine Mitschüler verspottet.
Doch seit gestern Nacht
ist es anders.

Jesus sprach zu mir,
und ich kann an ihn glauben.
Ich bin nicht hässlich!
Ich bin nicht scheußlich!
Ich bin nicht gemein!

Jesus mag mich!
Er liebt mich!
Das macht mich froh!

Und wenn die anderen
mich verspotten,
dann lache ich nur;
denn einer ist bei mir.
Er hält meine Hand.

Für Dich

Der Vater im Himmel ist ein mächtiger Gott. Er hat alles erschaffen. Durch seine große Kraft. Die Erde. Den Himmel. Frau Müller. Den kleinen Hund von nebenan. Dich! Mich! Jede Blume. Jeden Baum. Jeden Grashalm.

Er liebt dich, so wie du bist. Deine Nase. Deine Augen. Jeden Finger deiner Hände. Die Erde hat er für dich gemacht. Die Berge. Das Meer. Alle Fische und Vögel. Und die Schmetterlinge, die von Blume zu Blume flattern. Viele Blumen wachsen in Blumenkästen am Balkon im achten Stockwerk.

Das Hochhaus wurde von Menschen gebaut. Die Blume blüht, weil Gott die Kraft dazu gibt. In der leuchtend roten Blüte verschwindet eine Biene. Herr Müller sitzt auf dem Balkon. Die Sonne wärmt sein Gesicht.

Gott hat sich bei allem etwas gedacht. Das Kornfeld raschelt durch einen leichten Wind. Olaf beobachtet die Ameisen. Sie krabbeln emsig hin und her. Einige schleppen vertrocknete Tannennadeln.

Auf dem Industriegelände qualmen dicke Schornsteine. Der Qualm verdunkelt den Himmel und lässt keinen Sonnenstrahl hindurch. Gott hält alles in seinen Händen.

Er machte die Sonne, den Mond und die Sterne. Er hat alles geschaffen. Auch Herrn und Frau Müller im achten Stock.

Am Wegesrand wachsen Blumen. Ein Mensch kommt näher und tritt sie achtlos nieder. Im Rinnstein liegt ein toter Vogel. Er wurde von einem Stein getroffen. Unter der Dachrinne schreien in einem Nest die Jungen. Sie haben Hunger. Doch die Mutter liegt tot im Rinnstein.

Warum gerade ICH?

Voller Bitterkeit erfüllt
ist mein Herz.
Freudenlos und ungestillt
quält mein Schmerz.

Und mein Hass schreit in die Nacht:
Warum gerade ICH?
Wer hat meiner wohl gedacht?
Keiner liebet mich!

Gibt es nirgends einen Gott,
der mich ganz allein versteht?
Schlägt die anderen alle tot
und mein Hass vergeht!

Das ist dann der wahre Frieden,
den mein böses Herz erstrebt.
Endlich kann ich mich nur lieben,
keiner steht mir mehr im Weg!

Der verlorene Sohn

Der Vater erkennt die Trennung
in den Augen seines Sohnes.
Der Sohn streckt die Hand aus: Gib!
Der Vater gibt ihm.

Der Sohn wendet sich ab
und geht ohne ein weiteres Wort.
Der Vater weint.

Der Sohn erreicht die große Stadt.
Ein Freund stellt sich in seinen Weg.
Der Sohn bleibt stehen
in stolzer Selbstgefälligkeit.
Der Freund streckt ihm die Hand hin: Gib!

Der Sohn und viele Freunde
leben und leben und leben,
bis alles Gegebene dahin ist.
Die Freunde wenden sich ab
und gehen ohne ein Wort.

Der Sohn lebt
in Schmutz und Einsamkeit,
bis der Schrei seines Herzens
den Vater ruft.

Der Sohn macht sich auf den Weg.
Der Vater erkennt den Sohn von ferne.
Er läuft ihm entgegen
und öffnet seine Arme.

Der Sohn streckt die Hand aus: Vergib!
Der Vater ergreift die Hand und weint –
Freudentränen.

Moorwolken

Kennst du die Moorwolken, die in brackig-braunen Moortümpeln wie in einem Spiegel dahinziehen, mit grünblauen Schleiern und weißen Spitzenrändern? Die sich in der Leichtigkeit des Windes verlieren? Sie gleiten über die unergründlichen Tiefen der Moortümpel. Schimmern hier und da auf bläulich öligem Parkett. Sie eilen rastlos ohne Ziel und Sinn und rufen immerzu: Komm! Komm! Komm! Du musst weiter! Die Zeit ist um! Du hast hier keine bleibende Wohnung!

Als Leo Schmidt am 19. April 1995 zehn Jahre alt wurde, beglückwünschten ihn seine Klassenkameraden in der Grundschule mit einem kurzen „Wuff! Wuff!". Es war ihm zutiefst zuwider. Er ließ es sich jedoch nicht anmerken. Er mochte als Kind seinen Namen nicht. Weder seinen Vornamen noch seinen Nachnamen. Das sprach er niemals offen aus. So grinste er nur ein wenig hilflos und bereute es, dass er seinen Mitschülern nur schmal und schmächtig gegenübertreten konnte. Der Name Schmidt taucht am zweithäufigsten in Deutschland auf und mit Leo riefen Hundebesitzer oft ihre Vierbeiner.

Sein Vater hatte bei seiner Geburt darauf bestanden, dass er Leo heißen solle und nicht John, Vincent oder Malte. Leo habe der Vater seines Vaters geheißen und der sei immerhin als Leutnant im 1. Weltkrieg bei der Erstürmung eines alten Bauerhauses in Belgien für sein Vaterland gefallen. Leo – sonst nichts. Keinen zweiten oder gar dritten Vornamen. Keine Ausweichmöglichkeit. Nein, bei Leo bleibe es. Da könnten sich alle auf den Kopf stellen.

Seine Mutter, Helma Schmidt, hatte nur demütig in ihrem Wochenbett genickt und insgeheim gebetet, dass ihr Sohn über die Trivialität seines Namens hinauswachsen möge. Immerhin hatte sie ja den Sohn zur Welt gebracht. Warum sollte sie diesen Triumph durch kleinliche Streitereien schmälern. Und man wird ja sehen, wie sich das Kind im Laufe der Jahre noch entfalte. Eigentlich hatte sie sich eine Tochter gewünscht. „So bin ick froh, dat dat so is wie dat is!", beschloss sie für sich und lächelte den neuen Erdenbürger im Wochenbett glücklich an. Es hätte auch alles anders kommen können. Als nach sieben Monaten ihr Hausarzt das Ultraschallbild eindeutig als den Fötus eines Mädchens interpretierte, jubelte sie innerlich.

Ihr Mann Karl betrank sich noch am gleichen Abend, nachdem sie ihm die Hiobsbotschaft überbracht hatte. Drei Tage sprach er kaum ein Wort mit ihr. Sie litt unter seiner ungerechtfertigten Schuldzuweisung. Doch dann, einen Monat später, musste der Hausarzt sich und sein neuestes Ultraschallbild korrigieren. „Es wird eindeutig ein Junge!"

Daraufhin betrank sich Karl Schmidt abermals und sang den ganzen Abend über „Oh, du schöner Westerwald"; denn er war ein Zwölfender gewesen und hatte die Bundeswehr als Oberfeldwebel der Reserve in Stade verlassen. Stade war auch sein Heimatort. In der Berufsförderung wurde aus dem gelernten Maurer noch ein Maurermeister, der ihm neben seiner Abfindung beim späteren Hausbau in Hüttenbusch doch sehr gelegen kam. Das Grundstück von knapp zweitausend Quadratmetern in der Straße „Am Bahnhof" hatte seine Helma von Tante Meta geerbt. Der Garten war inzwischen von einer mannshohen Buchenhecke eingerahmt. Zur Straße hin aber offen. Es gab einen Bestand alter Apfel-, Birnen- und Kirschbäume. Die Früchte wurden im Herbst zu Saft, Gelee oder Marmelade verarbeitet.

Bis zum eigenen Haus sollten noch einige Jahre vergehen.

Zu Leos Geburt war Karl selbstverständlich mit dabei. Eine Schwester hatte ihn in einen grünen Kittel gesteckt. Er saß im Kreißsaal am Kopfende des Bettes und hielt Helma die Hand. Der Entbindungsarzt und die Hebamme ermutigten Helma. Sie presste und presste mit schweißnasser Stirn. Auch Karls Stirn wurde schweißnass, obwohl er nicht presste. Diesmal war er still. Er sagte nichts. Der Geburtsvorgang seines Kindes hatte ihn sämtlicher Worte beraubt. Erst als sein Sohn den ersten Schrei ausstieß, kam Bewegung in ihn.

„Er ist da!" „Er ist da!", rief er ganz begeistert. Die Hebamme drängte ihn zurück, als er seinem Sohn zu nahekommen wollte. Die Nabelschnur wurde abgebunden und durchtrennt. Nachdem Arzt und Hebamme den Kleinen als komplikationslos diagnostiziert hatten, wurde Leo in ein blütenweißes flauschiges Tuch gewickelt und der Mutter in den Arm gelegt. Zurück ging's ins Wochenbett. Karl trottete ergriffen hinterher und wurde schließlich am Bett der Mutter mit einigen Verhaltensmaßregeln zurückgelassen.

„Schau nur, wie er mich ansieht und beobachtet!", rief Karl bedeutungsvoll aus. „Ich glaube, er hat mich gleich als seinen Vater erkannt." Helma verriet ihm nicht, dass Neugeborene andere Personen optisch noch gar nicht klar wahrnehmen können. Sie strahlte überglücklich. Die schweißnasse Stirn hatte man ihr abgerieben. Es war ihr kaum anzusehen, dass sie gerade einen Sohn entbunden hatte. Sie bemühte sich um ein feines, tiefsinniges Lächeln. „Nimm ihn ruhig!", forderte sie ihn auf. Mit ungelenken Fingern nahm er das Bündel in den Arm. Es brach erneut aus ihm heraus: „Es ist ein Junge! Es ist mein Junge! Ein echter deutscher Junge!", rief er begeistert aus und glotzte mit vor Stolz überquellenden Augen auf seinen Sohn, bis die Kinderschwester kam und ihm das Kind aus dem Arm nahm, um es der Mutter zurück zu geben. Mit einem Startgewicht von dreitausendzweihundert Gramm entwickelte sich Leo ohne besondere Auffälligkeiten.

Der Maurermeister und Reserveoberfeldwebel aus Stade hielt es für unerlässlich, täglich in der Frühstückspause den neuesten Entwicklungsstand seines Sohnes mitzuteilen.

In der Hüttenbuscher Baufirma Meyer waren alle bestens informiert, vom Lehrling über den Arbeitsmann bis zum Gesellen. Jede Gewichtszunahme und der Haarwuchs schienen der besonderen Erwähnung wert. Selbst über den Stuhlgang seines Sohnes, über dessen Farbe und Festigkeit, wusste er einiges zu sagen.

Anfangs brachte man ihm noch ein mildes Verständnis entgegen. Doch irgendwann kam der Zeitpunkt, wo Willi Weber knapp und trocken mit einem „Halt-die-Klappe-Karl!" reagierte, um in Ruhe seine Bildzeitung weiter studieren zu können. Die anderen Bauarbeiter kommentierten die Bemerkung Webers mit deutlichem Kopfnicken und hofften insgeheim, dass sich ihr Bauleiter an die unmissverständliche Aufforderung auch halten werde.

Karl Schmidt zog verständnislos die Augenbrauen hoch und in das Schweigen hinein dachte er: Die sind nur neidisch, dass ihnen ein solcher Sohn nicht gelungen ist. So erkennt man eben den Neid der Besitzlosen. Wartet nur ab, wenn meine Helma die nächsten Söhne zur Welt bringen wird.

Selbstgefällig biss er in seine Mettwurst-stulle und nahm einen kräftigen Schluck Bier dazu, denn es war ein heißer Tag.

Er unterließ es aber fortan, weitere Ent-wicklungsschritte seines Sohnes Leo mit-zuteilen. Was er zu diesem Zeitpunkt noch nicht wusste, war die Tatsache, dass seine Frau keine weiteren Söhne und Töchter mehr zur Welt bringen werde. Und das war auch gut so; denn so würde bei der Schwatzhaftigkeit eines Karl Schmidts mancher Kommentar unterbleiben.

Helma Schmidt mauserte sich zu einer engagierten Mutter, die den Großteil ihrer Energie und Zeit in den Jungen investierte. Auffallend an Leo Schmidt war die dichte blonde Kopfbehaarung, die sich in kurzen, senkrecht nach oben gerichteten Stoppeln so stark verbreitete, dass schon nach einigen Monaten von der Kopfhaut nichts mehr zu sehen war. Helma liebte es, ihrem Jungen immer wieder mit weichem Rosshaar über den Kopf zu bürsten in der Hoffnung, dass die Stoppeln sich irgend-wann legen ließen. Doch selbst bei Streich-holzlänge zeigten sie noch steil nach oben. Karl Schmidt war besonders begeistert über die militärisch wirkende Frisur seines Jun-gen.

Das zeigt was her. Da steckt Gradlinigkeit und Pflichtbewusstsein drin. Jeder Zugführer hätte seine Freude daran gehabt. Mit etwas Wehmut erinnerte er sich an die Zeit, wie er als Zugführer in der Ausbildungskompanie die Jungs durchs Gelände gescheucht hatte. Bis der Schweiß ihnen die Achselhöhlen und den Schritt durchfeuchtete. Da sehnte man sich dann nach der Dusche in der Kaserne, um wieder menschliche Frische zu erlangen.

Oberfeldwebel Schmidt war als besonders scharfer Zugführer bekannt, der seinen Leuten und sich selbst nichts gönnte. „Ihr werdet es mir noch mal danken, wenn ihr im Ernstfall drei Zentimeter unter der Grasnarbe verschwinden könnt!", rief er in der Geländeausbildung den erschöpften Rekruten zu. Aber richtig motiviert fühlte sich niemand von solchen Sprüchen. Sein großes Vorbild war die Wehrmacht unter Adolf Hitler. Aber damit durfte er seiner Frau nicht kommen. Da konnte sie fast hysterisch drauf reagieren. Deshalb vermied er es auch tunlichst, sie auf die Tatsache zu verweisen, dass ihr Leo einen Tag vor Adolf Hitlers Geburtstag zur Welt gekommen war.

Trotzdem erfüllte es ihn mit unbändigem Stolz, das deutsche germanische Ideal in seinem Sohn heranwachsen zu sehen. Blond und blauäugig. Und der Name Leo! Kurz und knapp. Da steckt der Löwe drin. Da muss was draus werden. „Lass den mal in die Jahre kommen!", prophezeite er mit selbstgefälligem Lächeln seiner Frau, die so viel Milch hatte, dass sie auch nach vierzehn Monaten den Jungen immer noch stillen konnte, ohne etwas hinzufüttern zu müssen.

Karl Schmidt mochte seine Helma. Daran gab es keinen Zweifel. Gerne erinnerte er sich an das Erntefest 1982 in Hüttenbusch, wo er auf dem Festball im Schützenhof Helma zum Tanz aufforderte und er ihr ein Kompliment nach dem anderen machte. Die junge vierundzwanzigjährige Frau aus Hüttenbusch war das gar nicht gewohnt. Bei manchen kühnen Bemerkungen schoss ihr das Blut ins Gesicht und sie wusste erst gar nicht, wie sie damit umgehen sollte.

Nach einer solch blonden Schönheit wie sie es sei, könne man an seinem Standort lange suchen. Wieder errötete sie. So schön fand sie sich schon gar nicht. Ihre Nase sei zu klein und ihre Beine wären zu kräftig. Doch das dachte nur sie.

Oberfeldwebel Schmidt fand alles an ihr wunderbar. Eine richtige deutsche Frau, an der alles dran war. Das sah nach Großfamilie aus. Obwohl sie mehr zurückhaltend war in ihrem Wesen, erlag sie schließlich doch dem Charme des forschen Soldaten, der mit seinen Kameraden extra von Stade aus der Kaserne nach Hüttenbusch gekommen war.

Ein knappes Jahr später im August heiratete sie ihren Oberfeldwebel, der mit seiner Entlassung als Zwölfender bei der Bundeswehr auch noch eine ordentliche Abfindung bekam. Die Berufsförderung hatte er genutzt, um vom gelernten Maurer zum Maurermeister zu avancieren. Für ihn war es eine Ehre und Selbstverständlichkeit, in Uniform zu heiraten.

Er fühlte sich am Ziel seiner Wünsche. Mit dreißig Jahren seine Helma aus Hüttenbusch. Fünf Jahre jünger als er. Nun mussten nur noch die Kinder kommen. Kinder für Deutschland! Dafür will ich mich stark machen. Er musste leicht grinsen bei diesem Gedanken. Dann kam Leo - am 19. April 1985.

Die Maueröffnung am 9. November 1989 erlebte Karl Schmidt mit Tränen in den Augen. Karls großdeutsches Gefasel war das Einzige, was Helma an ihm nicht mochte. „Das ist doch Schnee von gestern. So etwas lockt niemanden mehr hinter dem Ofen hervor!", lachte sie, als er wieder mal von den verlorenen Ostgebieten schwärmte.

„Das reicht gerade noch mal für einen schönen Urlaub, deine Ostgebiete. Alles andere gehört endgültig in die Mottenkiste, wo es zu bleiben hat. Dass die DDR heute zu uns gehört und nun BRD ist, das muss doch reichen. Darüber hinaus gibt es wirklich nichts mehr." Karl konnte sie bei solchen Kommentaren nur ernst und ein wenig wehleidig anschauen.

Dabei bildete sich bei dem sonst überwiegend friedlichen Mann in Verlängerung seines Nasenrückens eine Falte, die Helma als Warnsignal deutete, ihre „antideutschen" Kommentare umgehend zu beenden. Meist ergriff sie dann ihren Leo und hob ihn seinem Vater in die Arme. „Er braucht dich jetzt.", flüsterte sie mit einem fast sinnlichen Lächeln und machte sich davon.

„Ich hab in der Küche zu tun und stell dir schon mal ein Bier fürs Abendbrot kalt!", rief sie beim Hinausgehen. Karl grinste zufrieden und knuddelte seinen Sohn, nachdem er die Reaktion seiner Frau als Rückzugsgefecht mit Friedensangebot interpretiert hatte. Einer muss nun mal Herr im Haus sein. Das war immer so in Deutschland und das soll auch so bleiben.

Der Sohn entwickelte sich gut. Er wuchs und gedieh und überstand seine Kinderkrankheiten ohne Impfungen. „Der steht das durch, ist eben mein Sohn!", kommentierte Karl stolz diese Tatsache. „Der wird mal ein Kämpfer!" Er verglich ihn eigentlich mit sich selbst, dem geradlinigen Pionieroberfeldwebel der Reserve, der obendrein noch seinen Maurermeister in der Berufsförderung der Truppe gemacht hatte. Damit trumpfte er auch auf dem Bau auf. „Gedient muss man haben, sonst bleibt man nur `ne halbe Portion und ist für dieses Land kaum tauglich!" Jeder dachte sich dann seinen Teil und schwieg.

Helma sang ihrem Leo viel vor. Volkslieder, die sie in der Schule gelernt hatte oder Gospels.

Die Gospels kannte sie noch aus der Jungscharzeit in der Kirchengemeinde Hüttenbusch. Diese Lieder mochte sie besonders gern, da sie doch das Herzensempfinden ihres persönlichen Glaubens ausdrückten.

Am liebsten sang sie ihrem Jungen den ersten Vers von Amazing Grace in deutscher Fassung vor:

O Gnade Gottes wunderbar,
hast du errettet mich.
Ich war verloren ganz und gar,
war blind, jetzt sehe ich.

Immer wieder sang sie es mit tiefer Inbrunst. Mitunter auch bei der Hausarbeit oder in der Küche. Karl mochte das Lied nicht. Deshalb ließ sie ihn auch nicht teilhaben an ihrem gläubigen Herzen. Das Vorrecht hatte nur ihr Leo. Und neben den vielen Kindermärchen las sie ihm auch die Geschichten aus der Kinderbibel vor. Sie betete mit ihm vor dem Einschlafen Aber auch für Karl hoffte sie, dass Gott doch sein Leben und Wesen verändern möge. Ihr Mann hatte da eine ganz andere Einstellung. Der Glaube an Gott sei etwas für Schwache und Versager, behauptete er.

„Selbst sei der Mann!", war seine Devise. „Da braucht man keinen Gott. Da packt man selbst an! Und für die vielen Sperenzchen der Menschen, mit denen sie einem Gott auf den Wecker fallen, hat der da oben ohnehin keine Zeit."

Der Grundstein für das Schmidtsche Haus wurde nach gut sieben Jahren Mietwohnung gelegt. Auf einen Keller verzichtete er. Dafür erschien ihm der Grundwasserspiegel in Hüttenbusch zu hoch. Karl Schmidt wusste anzupacken. Das konnte man sehr gut beobachten beim Bau seines Hauses. Innerhalb eines Jahres entstand das Schmidtsche Haus in der Straße *Am Bahnhof*. Gleich hinterm Friedhof und der Hüttenbuscher Kirche, in der die Pastorenfamilie im Erdgeschoss wohnte und der Kirchenraum sich in der ersten Etage befand. Wenn der Pastor Dienst hatte, konnte ihm jedenfalls keiner auf dem Kopf herumtanzen.

Der fünfjährige Leo, als der hoffnungsvolle Stammhalter, beobachtete seinen Vater in allen Bauphasen mit sichtbarem Interesse. Dieser erklärte ihm die Baustoffe und ließ ihn auch mal ein paar Steine mit sachkundiger Hilfe mauern, allerdings nicht im Verblendmauerwerk.

„Man kann nicht früh genug anfangen, Zielmarken für das spätere Leben zu setzen.", betonte er immer wieder. „Erst sind es ein paar Mauersteine, dann ist es eine Maurerlehre und schließlich heißt es Leo der Bauingenieur. Mit einer solchen beruflichen Grundlage ist der Offizier bei der Bundeswehr nicht mehr weit entfernt."

Karl Schmidts Kollegen auf dem Bau interessierten sich überhaupt nicht für die beruflichen Pläne, die der Vater für seinen Sohn hegte. Nur Erwin Müller meinte: „Iss ja noch lange hin bis zum Offizier, da kann ja noch viel Wasser den Berg rauf laufen. Außerdem muss der Sohn ja nicht das werden, was der Vater selbst nicht geschafft hat."

Die anderen nickten zustimmend und Karl dachte sich wieder seinen Teil. Gut, das Thema mit der Großfamilie hatte er inzwischen ganz hintenangestellt. Aber der Leo, der sollte es mal zu etwas bringen, so dass die Leute nur noch staunen werden.

Helma hatte in diesem Punkt kaum eine öffentliche Meinung. „Lass den Jungen doch erstmal seine Schule beenden", meinte sie, „dann kann man ja immer noch sehen."

Im stillen Kämmerlein betete sie für ihren Leo. „Gott mach du etwas aus ihm auf seinem Weg durchs Leben und hilf ihm, dir zu vertrauen."

Dem Karl brauchte sie ja mit Gott nicht zu kommen. Darum blieben ihre Gebete auch ein Geheimnis. Jesus konnte sie eben alles sagen. Auch das mit Karl, der immer häufiger seinen Frust nach einigen lauten Worten und mehreren Flaschen Bier nach Feierabend zu bewältigen versuchte. Er saß dann stumm unter dem Boskopbaum bis zur letzten leeren Flasche und dachte sich giftig. Oh, du schöner Westerwald hatte er schon lange nicht mehr gesungen.

Leo zeigte ein gewisses Interesse für Baustoffe, die man aneinanderfügen konnte, so dass etwas Sichtbares daraus entstand. Besonders aufmerksam wurde er, als sein Vater Kieselsteine in unterschiedlicher Größe und Farbschattierung in der Einfahrt abkippen ließ, um damit die Gartenwege auszufüllen. Er nahm sie immer wieder in die Hand. Besah sie von allen Seiten, fühlte Form und Größe. Dann versuchte er sie auf einer glatten Fußwegplatte zu unterschiedlichen Mosaiken zusammen zu legen. Seine Mutter lobte seine kunstvollen Bilder.

Da gab es den Mond und die Wolken, die über braunes mooriges Land zogen. Am Rande ein kleines Haus mit schiefem Dach von weißstämmigen Birkenbäumen umgeben. Sein Vater hielt nichts von diesen Spielereien. Für ihn war das nur nutzloser Zeitvertreib.

Eigentlich bewunderte Leo seinen Vater, der mit großem Eifer nach Feierabend und an den Wochenenden das Haus gebaut hatte. Doch die Idee, einmal Maurer zu werden, war ihm dabei nie gekommen. Am Sonntag wurde nicht gearbeitet. „Der Sonntag gehört Gott, dem Herrn", betonte Helma. Da muss der Mensch sich auch mal Ruhe gönnen und von der Arbeit erholen."

„Ach du mit deinem Gott, der lässt doch auch am Sonntag die Bäume in den Himmel wachsen", murrte Karl dagegen. Doch schließlich fügte er sich, weil er meinte, so eine kleine Ruhepause könne wirklich nicht schaden. Bei den vielen Wochenstunden, an denen er vom Montag bis zum Samstag herumgeackert habe. Oftmals fuhren sie dann mit den Fahrrädern ins Teufelsmoor, das auf Leo einen besonderen Reiz ausübte.

Als besonders schön empfand er auch die Fahrten mit dem Moorexpress, der bei ihnen in der Straße „Am Bahnhof" hielt, und mit dem man an Wochenenden und Feiertagen bis nach Stade fahren konnte.

Drei Kinderzimmer hatte Karl für das Familiendomizil eingeplant. „Falls es mehr als drei werden, kann man ja immer noch anbauen. Das Grundstück ist ja groß genug", erklärte er Helma, oder wird es bei dem einen bleiben?", fragte er etwas unsicher. „Das weiß man nie", meinte sie, „aber wie schön, dass es den einen jedenfalls gibt." Karl nickte und hielt seine ewigen Argumente zum Thema Großfamilie im Bekanntenkreis oder in der Baufirma zunehmend zurück.

Die Grundschule in Hüttenbusch schaffte Leo ohne große Probleme. Oft wurde ihm allerdings von seinen Lehrern bescheinigt: „Leo träumt im Unterricht!" „Und ein bisschen mehr Durchsetzungsvermögen würde dem Jungen auch gut anstehen.", meinte sein Klassenlehrer Hollmann.

Mit seiner Mutter war Leo oft in den ehemaligen Huteweiden der Teufelsmoorbauern östlich von Hüttenbusch.

Hier beobachteten sie Kraniche Schwäne, Gänse und Greifvögel in unbesiedelter Landschaft zwischen Moorbirkenwäldern und Eichenhainen. Helma mochte diese Landschaft, die sie doch von Jugend an kannte. Jedes Tier und jede Pflanze konnte sie ihrem Jungen benennen. Je älter er wurde, umso mehr nahm er das Wesen und die Gestalt seiner Mutter an. Eher schmächtig und nicht hoch aufgeschossen und muskulös wie sein Vater. Sehr still und zurückhaltend. Das Gegenteil von einem streitlustigen Kind.

In Klassenkonflikten in der Grundschule zog er sich ja lieber zurück oder gab nach. Das nutzten seine Mitschüler immer wieder aus und mutierten den Löwen Leo zu einem einfachen kläffenden Hund. Die Kämpfernatur und der Stolz eines Löwen waren in solchen Situationen schon gar nicht bei ihm zu erkennen.

Helma Schmidt litt mit ihrem Sohn, wenn er ihr von seinen Schwierigkeiten in der Schule berichtete. Stets tröstete sie ihn und ermutigte ihren Jungen durchzuhalten mit dem Hinweis: „Es wird auch wieder besser werden!" Dafür betete sie. Vater Karl schmerzte das defensive Verhalten seines Sohnes.

Mehr und mehr verstärkte sich in ihm die Auffassung, dass aus diesem Kerl niemals ein strammer deutscher Offizier werden könne.

Sein Gerede über Haus und Hof in der Baufirma Meyerbusch war längst schon versandet. Er wurde immer stiller. Irgendwie fühlte er sich wie ein Versager. So sah er sich selbst mit zunehmendem Lebensalter. Was war das schon? Keine weiteren Kindern mehr und der einzige Sohn ein schwachbrüstiges Wesen, das träumend im Teufelsmoor saß. Resignation machte sich breit. Doch das gab er natürlich nicht offen zu.

Leo blieb die Distanz des Vaters zu ihm nicht verborgen. Natürlich litt er darunter. Er unternahm aber auch nichts, was den Vorstellungen seines Erzeugers entgegenkam. Da war ja noch die Mutter, die Hüttenbuscherin, mit der er in die Huteweiden fahren und die Landschaft und die Tierwelt in stimmungsvollen Bildern in sich aufsaugen konnte. Diese Bilder bewegten sein Inneres in zunehmendem Maße. Auch auf dem Gymnasium in Lilienthal wurde ihm an Elternsprechtagen bescheinigt, dass er zwar ein sehr begabter Junge sei.

Im Unterricht erwecke er aber oftmals den Eindruck, dass er träume. Dadurch bleibe er hin und wieder hinter seinem tatsächlichen Leistungsvermögen zurück. Trotzdem erbrachte er in allen Fächern sehr gute bis befriedigende Noten.

Seine Mitschüler bewunderten seine Leistungen, die er mit geringstem Aufwand erbrachte, obwohl er sich mündlich kaum beteiligte.

Doch wenn er von seinen Lehrern direkt gefragt wurde, wusste er alles und konnte es überzeugend erklären. Niemand ärgerte ihn mehr. Warum sollte er noch mehr leisten, dachte seine Mutter, wenn es Träume in seinem Leben gibt. Er schafft den Schulstoff offensichtlich auch mit seinen Träumen.

Karl interessierte das Schulleben seines Sohnes nur am Rande. Deshalb ging er auch niemals mit zu den Elternsprechtagen nach Lilienthal. Vielleicht hätte er dann aufgehorcht, dass sein Kunstlehrer Ole Hansen dem Jungen eine besondere Begabung beim Gestalten von Mosaikbildern und Mosaikplastiken bescheinigte.

Seine Mutter war stolz auf ihren Sohn und schenkte ihm ein Buch über Mosaikarbeiten. In diesem Werk wurden besondere Arbeitstechniken dargestellt, um Mosaiksteine, Glas, Kiesel, Feuersteine, Fossilien, Muscheln oder gar Samen und andere natürliche Dinge künstlerisch zu verarbeiten. Es verging kaum ein Tag, an dem Leo nicht darin studierte.

Nachdem Ole Hansen eine fortschreitende kreative Entwicklung bei seinem Schüler feststellte, versorgte auch er ihn mit weiterer Literatur und guten Ratschlägen, diesen individuellen künstlerischen Bereich weiter auszubauen.

„Man kann nie wissen, was daraus noch wird", versuchte er der Mutter seine Freude über die Schaffenskraft ihres Sohnes zum Ausdruck zu bringen.

Helma Schmidt war glücklich darüber, dass ihr Leo sich der Kunst mehr und mehr verschrieb. Sie war überzeugt davon, dass er damit später auch seinen Alltag bewältigen könne. Ebenso erfreut war sie darüber, dass die Motive für seine Exponate stark vom Teufelsmoor und seiner persönlichen Lebenswelt geprägt wurden.

Durch seine Hand entstanden Mosaikbilder und Plastiken aus den unterschiedlichsten Materialien, die aber allesamt in einer eigenartigen Weise die Herzen der Betrachter berührten. So jedenfalls wurde es auf den Kunstausstellungen am Gymnasium in Lilienthal immer wieder erfahren.

Selbst sein Vater stutzte, als er am 28. Juli 2003 von seinem Sohn ein Mosaikbild bekam. Ein Torfkahn auf der Hamme mit gesetztem Segel. Drei Menschen an Bord. Kraniche im Hintergrund am Rande eines Moorbirkenwaldes. Die Silhouetten von Weidenbüschen am Uferrand. Ein fahler Mond durchdringt dunkle Wolkenfelder und wirft sein kaltes Licht auf das moorig-braune Wasser der Hamme.

Karl Schmidt hielt das Kunstwerk, fünfzig mal achtzig Zentimeter groß, in den Händen, und betrachtete es. Leo hatte einiges verarbeitet. Keramische Mosaiksteine, Glas und flache Kiesel in unterschiedlichen Größen.

Der Mond war aus dem Boden einer gräulich gelben Glasflasche gestaltet. Der Vater war beeindruckt. „Dafür braucht man viel Zeit und Geduld, um so etwas zu gestalten?"

Leo nickt. „Ja, Zeit und Liebe und Geduld. Es ist für dich!" „Und die Menschen in dem Torfkahn? Wer sind die Schattenmenschen in dem Torfkahn in der Nacht auf dem Fluss?", wollte er wissen. „Das sind wir, Vater, alle in einem Boot. Mutter, du und ich. Es ist ein Geschenk. Für dich, zu deinem fünfzigsten Geburtstag. Herzlichen Glückwunsch und Gottes Segen!" „Ach, Gott, der gehört auch dazu? Sitzt der etwa auch mit im Boot?" „Natürlich Vater. Unsichtbar umgibt er uns von allen Seiten. Jesus ist mit im Boot. Bei Nacht und im Sturm. An jedem neuen Tag. Und er liebt dich und uns in jedem Augenblick. Auch jetzt zu deinem Geburtstag!"

Karl Schmidt stutzte. Seine Frau schaute ihn erwartungsvoll, etwas ängstlich an. Sie sah, wie sich sein Gesicht stumpf und grau verschloss. Er gab seinem achtzehnjährigen Sohn das Mosaikbild zurück. „Nimm es. Ich will es nicht. Ist mir zu viel Gott drin. Mit dem hab ich nichts am Hut." Drehte sich um und verschwand mit etlichen Bierflaschen und einer Weizenkornflasche in den Garten. Helma schaute ihm mit traurigem Blick nach. Sie litt sehr unter der Kälte, die ihr zwanzigstes Ehejahr prägte.

Ihre Versuche wieder zueinander zu finden, wurden von Karl einfach abgeblockt. Die Mauer seiner Depressionen ermöglichte ihr keinen wirklichen Zugang mehr zu ihm.

Über die Jahre hinweg hatte sich ihr Karl immer mehr zurückgezogen. In sich selbst. Sicher ging er seiner Arbeit pflichtbewusst nach und sorgte für seine kleine Familie. Das Haus hatte er mit sicherer Maurerhand fertig gestellt. Der Garten war angelegt mit weiteren Obstbäumen, Beerenbüschen, einer Kräuterspiralen aus kantigen Granitsteinen und einem kleinen Treibhaus für Tomaten. Die mochte Karl besonders gern. Es war genug Fläche da, um den eigenen Kartoffelverbrauch aus dem Garten zu beziehen. Kohl, Kürbisse und Lauch fanden auch ihren Platz. Und immer wieder gab es mal was Neues, das im Garten wachsen und gedeihen konnte.

Am Vorgarten des Hauses blieben Spaziergänger oft stehen. Weiße, rote und gelbe Rosen wechselten sich ab mit Lavendel, Hibiskus und Hortensien. Schmetterlingsflieder lockte immer wieder flatternde Heerscharen an. Der breit gepflasterte Weg zum Hauseingang war mit kleinen Buchsbaumhecken gerahmt.

Winterheide gab dem Vorgarten über die sommerliche Blütenpracht hinaus Frische und Farbe. Helma sorgte dafür, dass das Haus Wärme und Geborgenheit ausstrahlte. Der üppige Nutzgarten hinter dem Haus oder der Ziergarten zur Straße hin war für sie nicht nur Arbeit, sondern auch Freude und Hobby.

Eigentlich hätten sie mit viel Zufriedenheit und Dankbarkeit ihr Hüttenbuscher Dasein genießen können. Es gab in der Tat viel mehr Gründe zum Danken als zum Klagen. Karl konnte das wohl nicht mehr so sehen. Mit seiner Schweigsamkeit wurde der Graben, die Trennung zwischen seiner Frau und seinem Sohn immer tiefer.

Er gab sich seinen Depressionen hin, die niemand so nennen durfte. Auch lehnte er jede fachärztliche Hilfe ab. Helma ergriff zunehmend eine unbestimmbare Angst, wenn ihr Karl mit den alkoholischen Getränken in die Dämmerung des Gartens verschwand, um auf der Bank unter dem kräftigen Boskopbaum in die größer werdenden abendlichen Schatten hineinzustieren. Nach dem erfolgreichen Abitur 2003 teilte Leo seinem Vater mit, dass er studieren wolle. Besonders die Mosaikkunst.

Aus vielen kleinen Teilen etwas Ganzes zusammen zu fügen, das sei sein tiefster innigster Wunsch, sein Verlangen. Er werde an der Kunsthochschule Berlin - Weissensee studieren, um das, was sein Herz und seine Gedanken bewege in noch lebendigere Formen und Farben zu bringen.

„Ich möchte die Menschen, die meine Kunst betrachten, herausfordern und provozieren, zum Nachdenken bringen. Die Welt soll schöner werden durch das, was ich gestalte. Bunte Fassaden an den Häusern, Bilder und Skulpturen, Kugeln im Garten oder Lampen, deren Licht durch Glasmosaiken schimmert. Das ist mein Ziel. Es gibt noch so vieles Vater, dass diese Kunst lebendig machen kann."

Der Vater blickte ihn stumpf an und schwieg lange „Ist das dein letztes Wort", fragte er schließlich halblaut, „sich dieser brotlosen Kunst auszuliefern? Habe ich dafür jahraus, jahrein geackert, um einen Sohn zu erleben, der Bruchstücke und kleine nutzlose Teile zu unverständlichen Gebilden zusammenklebt? Soll das deine Zukunft sein, diesem Land zu dienen?" Leo nickte und widerstand dem unruhigen Blick seines Vaters.

Schließlich fügte er noch hinzu: „Den Kriegsdienst mit der Waffe werde ich auch verweigern, falls man mich dafür mustern sollte."

Am späten Abend ging Karl Schmidt wieder mit Alkohol in den Garten. Es sollte das letzte Mal sein, hatte er sich vorgenommen. Zusammengerollt unter der Jacke trug er ein Seil. Helma verfolgte ihn mit ihren Blicken. Angst umklammerte ihr Herz. Karl setzte sich auf seine Bank unter dem Apfelbaum.

Die Dämmerung breitete sich aus. Die Schatten wurden immer größer und die Moorwolken gaben dem Licht in der Finsternis kein offenes Fenster. Das Durcheinander der Gedanken schien sich wie ein unbezähmbares Ungeheuer durch den ganzen Körper zu wälzen und sich in Schmerz, Unruhe und Geschrei zu verwandeln, das in Karls Ohren dröhnte, und dass nur er hören konnte. Wann endlich hört das auf? Wie oft hatte er sich das schon gefragt? Wann endlich ist Ruhe in mir? Das, was er für sein Leben mit Frau und Kind erdacht hatte, schien wie in einem Strudel nutzloser Bilder und quälender Hoffnungslosigkeit untergegangen zu sein.

Was macht Leben denn noch für einen Sinn, wenn alles danebengeht? Auf dem Bau hatte er sich schon lange für jedes persönliche Gespräch verschlossen. Seine Arbeitskollegen bemühten sich nicht, ihn zum Reden zu bringen. Seine Arbeit bewältigte er zwar noch, aber selbst die Mitarbeiter wurden ihm an so manchem Tag zur Qual.

Er hatte nichts mehr zu sagen, weder in der Firma noch daheim. Karl Schmidt hatte jede Freude und jedes freundliche Wort verloren. Nicht ein gutes Ding konnte er mehr in seinem Leben sehen. Seine Mitmenschen waren so weit entfernt von ihm, besonders Helma und Leo.

Da zählte nichts mehr, weder Haus noch Garten oder die Schönheit der Landschaft. Alle Dankbarkeit war von ihm gewichen. Er konnte es sich selbst nicht erklären. Er hatte keine Antworten mehr.

Es gab nur noch ihn, die Verfinsterung seiner Seele und den Alkohol. Er setzte die Kornflasche an den Mund. Wie viel Alkohol braucht der Mensch bis zum letzten Schritt? Er schluckte und schluckte. Doch dann hielt er inne und zögerte.

Gesang drang aus der offenen Terrassentür in den Garten. Er wendete sich zum Haus hin. Seine Frau sang mit inniger Stimme immer und immer wieder die erste Strophe ihres Lieblingsliedes:

O Gnade Gottes, wunderbar
hast du errettet mich.
Ich war verloren ganz und gar,
war blind, jetzt sehe ich.

Im ersten Moment wollte er seinen Groll und seinen Zorn gegen diesen frommen Gesang einfach nur hinunterspülen. Doch dann besann er sich und warf die Kornflasche zu Boden. Er spürte, dass die Begriffe wie Gnade und Errettung ihre eigene Dynamik in ihm entwickelten. Eine tiefe, unüberwindbare Schlucht zeigte ihm die Trennung von seiner Frau und seinem Sohn – und von Gott. Wie ein Blitzt traf ihn die Erkenntnis. Er selbst hatte diese Trennung geschaffen. Und nun wollte er sie durch seinen Selbstmord auf ewig festschreiben. Ein unendliches Schamgefühl durchflutete ihn und seine Lippen versuchten ein erstes Gebet zu formen.

„Jesus! Bitte, wenn es dich wirklich gibt, vergib mir meine Schuld und rette mich! Oh Gott, hilf mir!"

Eine Pause entstand. Eine lange Pause. Es wurde ruhig um ihn herum und in ihm. Er atmete tief durch. Der Schmerz, das Geschrei und die Unruhe in seinem Innern verebbten langsam.

Helma hatte aufgehört hatte zu singen. Er empfand plötzlich, dass er nicht mehr allein auf der Bank unter dem Apfelbaum saß. Irgendwie war da einer neben ihm. Er konnte ihn nicht sehen und doch an ihn glauben. Er konnte ihn spüren, plötzlich und unerwartet. Eine nie gekannte Wärme durchflutete sein Herz und salbte seine Seele. Es war ihm, als würde eine riesige Last von seinem Herzen weichen.

Tränen rollten über sein Gesicht. Er weinte und weinte. Ein unaufhaltsamer Strom. Die Tränen spülten viel aus ihm heraus. Den ganzen Dreck der Vergangenheit. Seinen Egoismus, alle Überheblichkeit, seine Bitterkeit und seinen Groll gegen Menschen und gegen Gott. Tränen können sich in Freudentränen verwandeln, wenn die Erkenntnis aufkeimt, dass es eine Brücke gibt über die Schlucht der Trennung. Das Leben kann noch einmal beginnen. Mit Gottes Hilfe. Eine unvorstellbar große Last war von seinem Herzen gerollt.

Nie gekannte Freude und Dankbarkeit erfüllte ihn. Seine Familie. Seine Helma und sein Leo. Oh Gott, ich danke dir. Als er den Blick erneut zur Terrasse hinwendete, sah er sie beide. Sie standen dort nebeneinander und schauten in seine Richtung.

Er erhob sich und ging mit langsamen Schritten auf sie zu. Dann stand er vor ihnen. Sie konnten an seinen Augen erkennen, dass etwas passiert war. In solche leuchtenden Augen hatten sie noch nie bei ihm geblickt. Er atmete tief durch. Er schluckte. Dann umfing er sie beide mit seinen Armen und fing wieder an zu weinen. „Helma, Leo – ich liebe euch. Vergebt mir bitte!"

An diesem späten Abend gaben die Moorwolken nach undurchdringlicher Dunkelheit den Mond und die Sterne frei. Das Licht des Himmels tauchte die Menschen, den Garten, das Haus, das Dorf und die einsamen Wiesen und Moore in eine sanfte Helligkeit. Die Finsternis schien zu weichen. Am Ende des Tunnels leuchtete Hoffnung auf. Und in die Stille der noch offenen Fragen hinein weitete wohltönend das Lied der Nachtigall das erlöste Herz.

Vemmentorpasjö

Milchig schweift der Morgennebel
Traumlos über braune Flut.
Gibt den Uferweiden Segel
und berührt der Gänse Brut,
die im hohen Schilf verbergen,
was noch Leben werden soll.
Diese Nacht liegt jetzt im Sterben!
Golden ringt am Horizont
schon ein neuer Tag –
der kommt.

Ängelholm

Ein weicher Wind streicht flügelgleich
Sanft über Haut und Haar
und Meeresrauschen federleicht,
kommt meinem Herzen nah.
Es macht mich frei und unbeschwert
fließt in mich wie ein guter Wein.
Dies ist mir mehr als Goldes wert
in einer solchen Zeit zu sein.

Endzeit

Aus tiefstem Grunde dringt nach oben
der vielen Fragen Seelenqual.
Kann man in dieser Welt noch loben
der Milliarden Jammertal?

Wer weiß woher das Leben kommt?
Wer weiß wohin die Reise geht?
Der Eine sich im Reichtum sonnt,
der Andere nur ums Essen fleht!

Der Eine lebt von seiner Gier.
Der Andere darbt als hungrig Tier
in dieser Welt, bangt um sein Leben:
Wer wird ihm heute Essen geben.

Ist das der Menschen Lebenstrott,
wo ohne Ziel und ohne Gott
der Mensch lebt bis zu seinem Ende,
ganz ohne Gottes liebend Hände.

Es werden nicht nur Spuren bleiben
vom Schöpfergeist – er ist der Herr!
Wenn Welt sich wird dem Ende neigen,
gibt es dann keine Hoffnung mehr?

Es ist die Liebe, die uns hält!
Wenn alles aus den Angeln fällt,
dann ruf zu ihm, grad wo du bist:
Erlöser, Retter – Jesus Christ.

Gott ist Liebe

Gott ist die Liebe;
und wer in der Liebe bleibt,
der bleibt in Gott
und Gott in ihm.

(1.Joh.4,16)

Autorenvita

Heinz Pahl wurde 1946 in Rendsburg geboren. Nach Abschluss der Schule absolvierte er eine Maurerlehre. Als Soldat und Offizier blieb er danach acht Jahre bei der Bundeswehr. In dieser Zeit heiratete er und wohnte zunächst mit seiner Familie in München. In Kiel studierte er Sonderpädagogik und arbeitete anschließend als Lehrer. Zwischenzeitlich zog er mit seiner Familie nach Dänemark, um hier zwei Jahre an den Vorlesungen auf dem Apostolic Bible College teilzunehmen. Heinz Pahl gehört zur dänischen Minderheit in Schleswig-Holstein und lebt heute in Niedersachsen.

Weitere Bücher des Autoren Heinz Pahl:

Da ist Hoffnung – Jesus Christus lebt

Paperback, 80 Seiten, ISBN 978-3-8391-6411-2

Von Berlin nach Jerusalem 1943 – 1950

Paperback, 132 Seiten, ISBN 978-38423-3144-0

Der Reykafelsen

Paperback, 218 Seiten, ISBN 978-3-85251-389-8